Mercredi

Cher ami,

Je reçois à l'instant le renseignement que j'ai dû demander à Senlis. Le Collège Saint Vincent, au temps où J. M. de Heredia y était pensionnaire, était tenu par des Prêtres séculiers, sous la direction de l'Évêque de Beauvais, qui s'appelait alors Mgr Gignoux.

Dans ces dernières années l'établissement était aux mains des Maristes.

Bien amicalement à vous :

Henri de Régnier

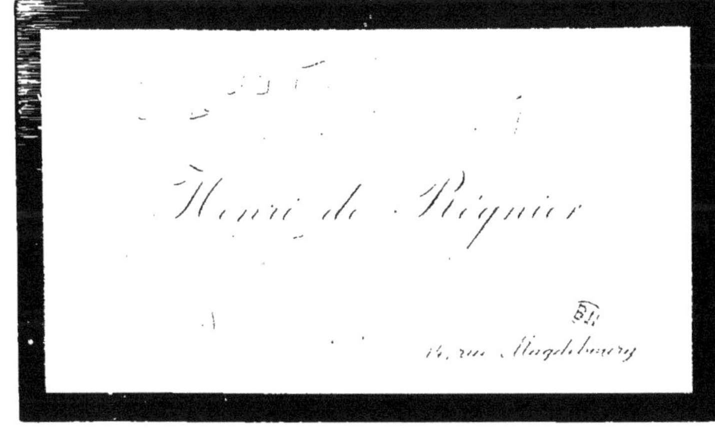

Henri de Régnier

[illegible], rue Magdebourg

Monsieur Maurice Barrès

100. Boulevard Maillot 100

Neuilly s/ Seine

Cher monsieur et ami

mon fils est absent en ce moment. Je ne veux pas livrer le si précieux volume à la poste et je ne veux pas tarder à vous remercier en leur noms .. et ces vœux .. car cette lettre à mon mari cette dédicace à mon fils .. ici touchent au plus profond de notre cœur .. mon fils ressemble par beaucoup de côtés à mon père, à vous qui avez un sens si secret et si sacré de ce qui en nous a traversé et de ce que nous devons à notre

dire combien je suis touchée
de la délicatesse charmante
avec laquelle vous avez
parlé de la fille à propos
du père. Rien n'aurait pu
lui être plus doux. Et c'est
pourquoi je vous suis tout
particulièrement reconnaissante
d'avoir songé à être agréable
à sa mémoire.

Croyez cher Monsieur à
mon admirative amitié
et rappelez moi au souvenir
de Madame Barrès

Marie de Régnier

Mon cher ami

J'irai vous porter demain à St Séverin tous mes souhaits de bonheur, mais je veux vous dire auparavant tout le plaisir que m'ont fait, après la charmante *Bérénice*, vos *Trois Stations*. Je ne vous dirai pas que c'est très subtil, très délicat, du style le plus agréable. Vous le savez. Mais pour vous prouver que je vous ai bien lu et que je vous aime, je vous ferai observer, pour une autre édition, que la rencontre de Bice et de Dante, n'a pas lieu en Paradis, mais au 27e chant

du Purgatoire où elle lui apparaît,
Vêtue de flamme vive et de Vert sur le
Char traîné par le Griffon sym-
-bolique. Et cette rencontre est
la plus admirable chose qu'il
y ait dans toute la poésie moderne.

Adieu, soyez heureux, double-
-ment heureux, c'est ce que vous
souhaite votre ami,

J. M. de Heredia

Paris ce 10 Juillet 1891.

MONUMENT
JOSÉ-MARIA DE HEREDIA

Les amis, les confrères et les admirateurs de José-Maria de Heredia viennent de constituer un comité pour lui élever un monument à Paris.

L'illustre auteur des Trophées *est une des gloires les plus pures de la littérature française. Tous ceux, connus ou inconnus, dont ses vers ont ennobli la pensée, voudront lui témoigner leur reconnaissance en contribuant à perpétuer son image.*

PRÉSIDENT DU COMITÉ

M. Jean Richepin, de l'Académie française.

VICE-PRÉSIDENT

M. Gabriel Hanotaux, de l'Académie française.

MEMBRES D'HONNEUR

S. Exc. l'Ambassadeur d'Italie.
S. Exc. l'Ambassadeur d'Espagne.
MM. Lahovary, Ministre de Roumanie.
Tomas Collazo, Ministre de Cuba.
Henrique Larreta, Ministre de la République Argentine.
Maurice Faure, Sénateur, ancien Ministre.
Léon Dierx.
Mistral.

MEMBRES DU COMITÉ

MM. Paul Adam.
Jean Aicard, de l'Académie française.

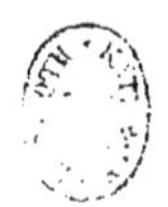

MM. Vicomte G. d'Avenel.
Maurice Barrès, de l'Académie française.
Guido Biagi, Directeur de la Bibliothèque Médiceo-Laurentienne.
Léon Bourgeois, ancien Ministre, Sénateur.
A. Cabat, Conseiller à la Cour.
Gaston Calmette, Directeur du *Figaro*.
Francis Charmes, de l'Académie française.
Francis Chevassu.
Léonce Depont.
Auguste Dorchain.
René Doumic, de l'Académie française.
Hugo Finaly.
Louis Ganderax, Directeur de la *Revue de Paris*.
Eugenio Garzon.
Georges Goyau.
Fernand Grech.
Vicomte de Guerne.
Edmond Haraucourt.
Adrien Hébrard, Directeur du *Temps*.
Paul Hervieu, de l'Académie française.
Georges Itasse.
Georges Lafenestre.
Georges Lecomte.
Sébastien-Charles Leconte.
Jules Lemaitre, de l'Académie française.
Alphonse Lemerre.
Désiré Lemerre.
Léouzon Le Duc.
Raphael-Georges Lévy.
Georges Leygues, Député, ancien Ministre.
Dr Lubet-Barbon.
Angelo Mariani.
Henri Martin, Administrateur de la bibliothèque de l'Arsenal.
Frédéric Masson, de l'Académie française.
Arthur Meyer, Directeur du *Gaulois*.
Morel-Fatio, Membre de l'Institut.
Paul Musurus Bey.
de Nalèche, Directeur du *Journal des Débats*.

MONUMENT

JOSÉ-MARIA DE HEREDIA

Je, soussigné .... envoie à M. Henri Leclerc, trésorier du Comité, la somme de .... pour ma souscription au Monument José-Maria de Heredia.

SIGNATURE :

Adresse : ....

La liste des souscripteurs sera publiée ultérieurement.

MM. JACQUES NORMAND.

RAYMOND POINCARÉ, de l'Académie française.

Baron DE PONTALBA.

GEORGES DE PORTO-RICHE, Administrateur de la Bibliothèque Mazarine.

Professeur POZZI, Membre de l'Académie de médecine.

MARCEL PRÉVOST, de l'Académie française.

ANDRÉ RIVOIRE.

EDMOND ROSTAND, de l'Académie française.

Baron EDMOND DE ROTHSCHILD.

HENRY ROUJON, de l'Académie française, Secrétaire perpétuel de l'Académie des beaux-arts.

STÉPHEN LIÉGEARD.

PAUL THUREAU-DANGIN, Secrétaire perpétuel de l'Académie française.

ALFRED VALETTE, Directeur du *Mercure de France.*

ÉMILE VERHAEREN.

GEORGES VICAIRE.

Marquis DE VOGUE, de l'Académie française.

ANTONIO DE ZAYAS, Conseiller d'Ambassade.

SECRÉTAIRE

M. JEAN RENOUARD.

TRÉSORIER

M. HENRI LECLERC.

Les souscriptions sont reçues, dès à présent, par M. Henri Leclerc, libraire, trésorier du Comité, 219, rue Saint-Honoré, à Paris.

BIBLIOTHEQUE NATIONALE DE FRANCE
3 7531 03333654 7